水の聖歌隊

笹川 諒

新鋭短歌

水の聖歌隊＊もくじ

I

こぼれる

椅子に深く、　この世に浅く腰かける　何かこぼれる感じがあって
どこかとても遠い場所から来たような顔を思った夏のグラスに

ひるひなか　薄ぼんやりしたエッセイを積み木で遊ぶみたいに読んだ

静かだと割とよく言われるけれどどうだろう野ざらしのピアノよ

少年の背に光るラケット　幽霊とすれ違うならこんな坂がいい

増やしてもよければ言葉そのもののような季節があとひとつ要る

夜空には巨大な鋏の刃がそっと添えられているとしか思えない

かなしみを薄く伸ばして紛らわす夜の隅は地域猫に任せて

青いコップ

文字のない手紙のような天窓をずっと見ている午後の図書館

冬には冬の時間があってひとときの余白を病める土鳩のように

手は遠さ　水にも蕊があると言うあなたをひどく静かに呼んだ

知恵の輪を解いているその指先に生まれては消えてゆく即興詩

青いコップ　冷たいことを知りながら触れるとひとつ言葉は消える

この雪は僕らの原風景に降る雪と違ってたくましすぎる

呼びたい、と思えばひかり。でもひかり（あなたが予期せずして持つ身体）

蒸しパンをちぎったあとの指先を押し付ける、わけでもなく触れる

いつか消す火が燃えているこの指であなたの梨の詩をまた開く

言語忌があるなら冬だ　過たず詩が融けるのを見ていたかった

マヨルカ島は遠く

特急の座席でよく行く美術館のにおいがふいにして　雨は鐘

呼びあってようやく会えた海と椅子みたいに向かいあってみたくて

百八十年のちの雨だれ細りゆき男装のジョルジュ・サンドを思う

僕たちの寿命を超えて射すひかりの中で調弦されてリュートは

ただひとり僕のこころのために来た海はそれほど青くなかった

天国の自転車

境界がすこしゆるまる土曜日はスピッツの「青い車」を聴いて

もうずっとむかし書いてた小説の主人公、川野初美、だったな

誰かを枯らす　自ら進んで枯れてゆく　そうしないよう二回祈った

飼い慣らすほかなく言葉は胸に棲む水鳥（水の夢ばかり見る）

明け方の薄い意識の心象の砂を駆けゆく天馬、あるいは

一冊の詩集のような映画があって話すとき僕はマッチ箱が見えている

天国に自転車はあると言い張っていたらわずかに夜のサイレン

石のいくつか

ためらいの黄に塗り込まれ新潮の『ガラスの動物園』の細い背

本当のさびしさだけが犬になる花野を少なくとも知ってるね

あなたよりあなたに近くいたいとき手に取ってみる石のいくつか

暗闇に鳩の刺繍を　ひとびとを隔てる銀の糸を手繰って

水槽を歩く

借りもののようにあなたがひかる日にさざめきながら初稿を終える

幸せの塑性について（愛されて翼をなくす鳥を見ていた）

手のひらを窪ませるならそれはみなみずうみそして告げない尺度

水槽の中を歩いているような日は匿名になり月になる

クリムトの絵画、メーテル、暗がりの杏子酒（ながれるよるはやさしい）

裸木

こころを面会謝絶の馬が駆け抜けてたちまち暮れてゆく冬の街

ひとつまた更地ができる　ミルクティー色をしていて泣きそうになる

その牛の頭蓋に白い薔薇が咲くこともあなたの二月と同じ

願うたび襞を重ねる油彩画のみずうみのよう　来なくてもいい

いっしんに光りつづけた月の語彙、ではなくビスケットをあげました

言いよどむとは透けること完全な涙のような裸木に触れる

あなたがせかい、せかいって言う冬の端　二円切手の雪うさぎ貼る

涅槃雪

鳥の声が一瞬あなたの声に似てカーペンターズを今日は選んだ

街角に閉じ込められた街に降る雪はこころの木箱で受けて

「いつかおまえと生死を賭けて戦う」と言ってたクラスメイトがいたな

処世術ではなくラスク二袋が似合う気がして買ってしまった

いい感じに仲良くしたいよれよれのトートバッグに鮫を飼うひと

やがて言葉は届くだろうか蛇口から水は刀のように眩しく

きらきらのラスク美味しいこの夜のあなたは作りものではないね

涅槃雪　許していたいひとがいてその名前から許しはじめる

II

開放弦

ソ、レ、ラ、ミと弦を弾《はじ》いてああいずれ死ぬのであればちゃんと生きたい

ゆるやかに寒の戻る日この空を空と呼ばずに愛する人よ

（ひかりのち、なみだ）無理して光るのは誰も知らない千羽鶴たち

頼もしい顔の犬の絵　創り出す人のこころのすべては祈り

ほとんどが借りものである感情を抱えていつものＴＳＵＴＡＹＡが遠い

こころが言葉を、言葉がこころを（わからない）楽器のにおいがする春の雨

線香と春

線香と春は親しいのだけれど美味しいパンを買いに行こうよ

自分から死ぬこともある生きものの一員として履く朝の靴

靴音を鳴らして歩け　春の日の鍵盤はみな許されている

花冷えのミネストローネ　いきること、ゆたかに生きること、どうですか

岐路という言葉は先がありそうで好きなひとから届く西風

色水

病院にいるとき僕はすこしだけ幼稚園の砂場を思い出す

カーディガン三着そろえ四つめの色がきみへの気持ちに近い

色水が甘いかもって何回も思ったよあの春の美術室

きみが発音するあああるぐれいほどアールグレイであるものはない

パス練習

丁寧に夏を進める　文字を書くわけじゃないけど手紙のように

バグパイプのくきやかな音を聴きながら七月は縦の季節と思う

遠目には宇宙のようで紫陽花は死後の僕たちにもわかる花

驟雨去り葉から葉の生まれるような気配に気後れをしてしまう

平行に並んで歩けば舫われた舟のよう　はるか鉄琴の音

ヴィア・ラクテア、隣できみは長生きをどれだけ本気で願っていたの

現実でも夢でも会った日の夢の、鏡の中のサッカーボール

水を撒くきみを見ながら知ることが減ることだとは思わずにおく

きんいろの猫

コインチョコを壁にぺたぺた貼っていく遊びがあれば二人でしたい

ああきみがパンをたくさん買ってきた夜はきんいろの猫だった

夢にまで椅子を運んでそんなにも言いたいことがあったなんてね

いくぶんか正しく願ってしまうのがきみと摩天楼の悪い癖

部屋干しの水蒸気たちに囲まれて眠る　命名とはこんなもの

こころではなくて言葉で写しとる世界に燃えたがる向日葵を

渡ってしまう

鈴を鳴らしつづけるように生きてきた気がして流行り歌のかなしさ

パイナップルジュース（ひかりのような嘘）きみは何回でも眠るから

逝く夏に画集ばかりを見るひとの眼差しはどこか伝令に似て

テレビには国旗のような草原が　未来は拒まないけど拒む

今でもきみの中にあるのか僕にはあるけれどもきみのさびしいルクア

声はまだ遠くて（生まれつつ消えて）橋が光れば渡ってしまう

水の聖歌隊

ひとひとり殺せるほどの夕焼けを迎える地球　痛みませんか

優しさは傷つきやすさでもあると気付いて、ずっと水の聖歌隊

複雑な思考をそっと遠ざける知らない街は知らないひかり

しんとしたドアをこころに、その中に見知らぬ旗と少年を置く

テアトル梅田

フランス語学びはじめてしばらくはきみが繰り返したジュ・マペール

強弱に分けるとすれば二人とも弱なのだろう　ピオーネを剥く

雲を見てこころも雲になる午後はミニシアターで映画が観たい

風は好き　横断歩道の向こうまで誰かが蹴った落ち葉が渡る

草笛

字ならF、色なら青磁、マリンバが確かめあって鳴るようなひと

繁茂するイルミネーション　僕たちはカタカナの水草で寄り添う

寒くなることを確かさだと数え指ひとつ折り三叉路をゆく

（サンサーラ）草笛として（サンサーラ）夜の砂漠を這う風として

良い大人にはなれなくて『椿姫』読みつつ凭れている冬の駅

答えのない問いばかりあり這わせればきみは鼠径部から冷えている

水を帯びるものはくちびる　この街のいちばん痛むところを歩く

全角で数字を打つと決めているひとのメールはすこし優しい

陶磁器の美術館では心臓のかたちにばかり人が集まる

噴水よ（人が言葉を選ぶときこぼれる言葉たち）泣かないで

くまモンのポーチを買った　人が人を産むことがとてもこわいと思う

町工場過ぎれば機器にあこがれて冬の陽ざしの透過器となる

友達の名前ひとつと引き換えに飲むカクテルは地球の色だ

暗がりで出会った僕らなのだからきみのいない世界はきっとない

性愛という文脈を外れずに朝日を浴びてそのモノレール

きみが火に燃える体と知りながらひたすら赤いお守りを買う

感情を静かな島へ置けば降る小雨の中で　踊りませんか

Ⅲ

夏の窓

遠い日に溺れるように目が覚めて元の体にこころは戻る

感情をひとつ放ればきらめいて住むことのない街のトルソー

会議にはキャンドルが似合う人ばかり生まれかわってもまた死ぬ僕ら

運命論を信じはじめてから胸の奥にやたらといい椅子がある

おおかたはひかりのこと、と言うひとはいつもギリシャをギリシアと呼ぶ

夏の窓　磨いてゆけばゆくほどにあなたが閉じた世界があった

ビードロ

僕よりも俯きがちにしらしらと宙《そら》をゆく夏至のアストロノート

食事という日々の祭りの只中に墓石のように高野豆腐は

呼びあっていたのだろうかビードロを吹いてばかりの夢から覚めて

硝子が森に還れないことさびしくてあなたの敬語の語尾がゆらぐよ

引き出しをひっくり返す音に似た雷、あれは神の断捨離

でも日々は相場を知らない露天商みたいな横顔をふと見せる

それがもし地球であれば雨の降るさなかにあなたはこころを持った

厳かな、夏の折半（見た景色をどうかそのまま教えてほしい）

半音階で鳴く鳥のためしばらくはみんな黙っている夜明け前

途方もない時を流れてゆけるこの僕らに出来合いの王冠を

チェンバロに置く

夏よ　呼びかけても返る言葉なく夏の朝には祠が似合う

ゆっくりとバロックの画集開くたびどこかで街の沈む気配は

どの夏も小瓶のようでブレてゆく遠近　学生ではない不思議

あまつさえ記憶は過多だ　浴槽にひたせば指の腹はふやけて

花柄のシャツをよく着る友人がこの夏に飲む水の総量

睨んでもひかりを返す水面をひけらかし夏は複眼を持つ

昼に月、夜に太陽を思うとき言葉の四隅を刺す銀の棘

近付きつつ遠ざかるひとの指先をこころの中でチェンバロに置く

無題

目を閉じて広がる海へ次々と言葉を密輸しに鳥が来る

詩を書けば詩人であると思うとき遠くアルコールランプのにおい

静けさに（あなたがついに手放した水ではないが）口をゆすいだ

冷えた手の甲を重ねて僕たちは既視感の王国を出る舟

無題という題がどれだけうつくしいことかを伝えたくて会いにゆく

ズブロッカ

ファのシャープ聴こえるような横顔のあなたは二元論を避けるひと

銀杏《ぎんなん》を遥かに踏んで（エミーリエ・フレーゲ）秋に許されながら

友達を家具に喩えてゆくときの家具には家具の哲学がある

ゴダールの海は現実の海より青くてそれを二人して観た

水飴を買おうかと手を伸ばすとき胸中に立つカストラートよ

意味、はもう疲れたけれど調べたらエルミタージュは隠れ家のこと

グラスには静かなレモン　搾るほどあなたが痩せるような気がして

遠い国に桜ひととき降りしきるまぼろしの為に飲むズブロッカ

自分でも自分のことがわからない　たましいが画材屋に出かけてる

風に身をゆだねていたら赤い陽が漁師の食べる林檎みたいだ

長い長いエスカレーター昇るときたまに思い出す合唱曲がある

秋だけど春を感じる風の中いまだ世界に慣れてはいない

幕間

お使いで花も頼めば今日きりのこの場限りのあなたは花屋

詩は転写　行きも帰りも世界から僕に向かって降る雨がある

曼荼羅の詩

生まれたての言葉を持てあますときのきみの日傘は音楽めいて

振り返り、また振り返る。永遠にオーボエでA《アー》を吹く少年を

三昧耶形《さんまやぎょう》　きみが東に傾けば東へ落ちてゆく夢を見る

日本酒の化粧水ふと手に取ってこれは雌雄を知らない白だ

この星の何割ほどを、いや、きっと一割も知らずに蜜柑剝く

物語はいつも大きく目に見えず喪服といえば喪服の少女

明らかに長い遠泳（その中できみはファンファーレが好きらしい）

黄の付箋

向こうからきみが歩いてくる夢の、貝の博物館は冷えるね

そう、その気になれば天使のまがい物を増やしてしまうから神経は

猫の世話をする係なら猫係　雪と品詞のまばゆい朝に

触れるだけで涙をこぼす鳥たちを二人は色違いで飼っている

奢侈な脳　寒さをすべて指先へ集めて靴を磨く日暮れの

公園を逆さにしたら深くまで一番刺さるあの木がいいな

祈ってても祈らなくても来る明日におそらく使い切る黄の付箋

フォルム

こころの位置が微妙なときは夕暮れをコントラバスに喩えてみたら

後頭部に扉が増えてゆくような気がする漆器のにおいを嗅げば

罫線が震えはじめて目を閉じる　どこかで冴えるきみの衒学

僕たちのすぐ駄目になるまごころは縁日のカラーひよこみたいだ

首筋にマッサージ器を当てるときだけ思い浮かぶ夏の空港

砂糖菓子ひとつにしても夢ならばこころに添った形なのだろう

きみが急にたしかになって硯石のような気持ちで陽ざしを浴びる

Ⅳ

迂回路

からからと記憶を回されるようなこの抽象画は風なのだろう

風邪引きの体には鐘が吊されるゆえに幼い夕暮れを呼ぶ

植物のちからのように愛された思い出の中の青い迂回路

昼のあと朝が戻ってきてしまう日も時々はあればいいのに

春はやや爪先立ちでやって来るらしくて糊のにおいがするね

雨の日のプロムナードは雨に濡れあなたはずっとずっとよその子

草原

ざぶざぶと春を洗えたらいいけれど　狂詩曲《ラプソディー》聴けば胸にめり込む

最終兵器彼女にされてしまうかもしれないよ誰も見ない夜桜

感情にも骨がある　ひえびえとしたボトルキャップを噛んで気付いた

本当に誰ひとりいない草原を自分の部屋みたいに歩きたい

夜をゆくもの

夜の底に一枚の板を敷くために教わっている鏡学の初歩

サンドイッチに光をはさんで売っている少年、のような横顔だった

分別と多感　夜には見えているはずだよ宇宙の巨大広告

野あざみのしずかな棘は祈りにはなりきれなかった呪いを守る

うつくしい捕手が夜明けに飲むという太陽のソーダ割がどこかに

雨、そしてクリシェを避けてたどり着く画廊は長い手紙の代わり

コンビニでストローを買う　硝子病が癒えない鳥のようなストロー

たとえば、がとても遠くで泣いていてあなたはそこの土地勘がある

世界が終わる夢から覚めて見にゆこう鹿の骨から彫った桜を

北限

かなしみはかけら　かけらの僕たちは小箱をひとつ互いに渡す

喩としてのあなたはいつも雨なので距離感が少しくるう六月

陽のひかり薄らぎながら遠のいて真昼　記憶が多めに消える

スマホにはケースを買ってなぜだろう団地に住みたくなる夏の午後

紺碧の鳥かごを提げ会いにゆく（使わないけど、持っておきます）

舞い落ちる枯葉のふりをしてたけどそれは雀で僕が見ていた

いつもより小さく座る　ひまわりの北限の島のような静けさ

大丈夫、かなしくたって内側はごくさい色の雪　きれいだよ

モロー展

夏に手があったらたぶん黒板消しの形で熱を押し当ててくる

ランニングシューズがずっと選べずに色が過剰な和菓子を買った

指差せば遠ざかるのが夏であると知っていながらゆくモロー展

氾濫するひかりの群れを追いかけるようにバケツを持って駆けたい

夜ですが　それを夜とは知らないで世界がずっとあなたに似てる

原光

足裏と旋毛《つむじ》を緩めあてどなく楽器に焦がれはじめる体

空想の街に一晩泊まるのにあとすこしだけ語彙が足りない

書かなければ消えてたはずのさびしさに手綱を脆くても付けておく

誰にでも言葉が溜まりやすい場所があるから僕は手首のあたり

レモンティーのレモンを二人とも食べて以来長らく雨が降らない

草の名前を頭の中でたどるとき過去の夕映え濃くなってゆく

曲名にUrlicht《原光》とあるプログラム　どうしてちょっと雑に折ったの

あの窓は燃やせるものをひとしきり燃やしたあとに残る窓だよ

手に花を持てば喝采

よくできたかなしみのよう雨止みを待つバス停で語るマティスは

音声が急に途切れる　耳鳴りの音はたまごっちが死ぬ音だ

きっと覚えておけると思うアラベスクいつか壊れてゆく体ごと

たとえば夜が生徒のように慎ましく麦茶を飲んでいる　いや僕が

（海沿いを歩くシスター）それからを僕は幼い僕と歩いた

舟旅と思えば舟の詩が書けることだよ、いつも感謝するのは

手に花を持てば喝采（くれぐれもあなたの比喩が割れないように）

パラフィン紙分けあうように冬を待つこころに敵を置かない人と

歯を磨くたびにあなたを発つ夜汽車その一両を思うのでした

解説　一瞬、永遠、無時間

内山晶太

強弱に分けるとすれば二人とも弱なのだろう　ピオーネを剝く

大胆な二分法である。ここで言う強弱はストロングかウィークかというよりも、フォルテかピアノかというニュアンスを思う。肉体的な強さや弱さではなく、生命的な強弱。この二分法で「弱」と判断された人びとがいくら身体を鍛えて筋肉をつけたとしても、「弱」であることに変わりはない、そういう強弱のような気がする。二分法によって「弱」とみずからをカテゴライズする主体には内省の匂いがする。少し下を向きながらピオーネの皮を剝いている姿は、「弱」としてのあるがままの姿を象徴しているだろう。

『水の聖歌隊』の主体像はこの一首に表れているようにナイーヴでかつ丸みを帯びている。他者を射抜く方向は選択せず、どちらかと言えば、言葉で自身を射抜くことのほうにベクトルが向いている。

ソ、レ、ラ、ミと弦を弾《はじ》いてああいずれ死ぬのであればちゃんと生きたい
きっと覚えておけると思うアラベスクいつか壊れてゆく体ごと

ソ、レ、ラ、ミと音を奏でつつ、その音階には必ず「シ」がまぎれている。いつか「シ」の音を奏でることの不可避と、「死」ぬことの不可避が一首のなかでそれとなく隣り合っている、そのそれとなさに虚を突かれる。そして、未来の死の予感に自身を刺されながら、しっかりと顔は上げている。結句「ちゃんと生きたい」が歌のなかでもきちんと生きている。次に、アラベスクの細かな幾何学模様の繰り返しは、崩壊して飛び散ったものの様子にも見えてくる。それを覚えておくこと、つまりそれを心身に取り込むことは、いつか来るべき崩壊をあらかじめ内蔵しておくことにつながるのかもしれない、というのは個人的な、若干踏み込み気味の解釈だが、アラベスクのイメージと壊れてゆく体のイメージが印象的な和音を生み出していると感じるのである。この和音は、不協和音に近く、かといって完全な不協和音というわけでもない絶妙なバランスを保っている。言葉と言葉を一首のなかで接着させつつ、そこから発生するイメージは凝固することなく反応し広がっていく。笹川さんの作品世界はナイーヴな主体像を伴って、だいたいこんなふうに揺れている。

僕よりも俯きがちにしらしらと宙《そら》をゆく夏至のアストロノート

無重力状態の宇宙をひとりの宇宙飛行士が遊泳している。画像や映像でその様子を見たことがある人も多いだろう。脱力したような姿勢でぽつんと宇宙に浮いている人体は、おそらくもっとも孤独な人間の姿のひとつである。しかし、地上の世界から見上げたときその頭上にイメージされる飛行士は白いちいさな点となって光っているだけである。一首のなかの遥かな距離感が、人体や孤独をちいさな光に変えてゆく。と同時に、「俯きがちに」という言葉が指し示すように、一首にはぐっとズームアップされた視点が併走していて、存在の遠近がなめらかにゆがんでいる。だから、この「宙」が何色なのかよくわからない。ある瞬間は青く、また別の瞬間には暗く、地上から見る空の青さと宇宙のただなかで見る宙の暗さが混然としたままこちらに手渡される。「アストロノート」は人間であり、光である、という物的な相容れなさも、その混然によってうつくしく無化されていく。

こころを面会謝絶の馬が駆け抜けてたちまち暮れてゆく冬の街

存在の遠近のゆがみ、は「こころ」や「面会謝絶」や「馬」を冬の街で出逢わせたりもする。こころも馬も冬の街の時間も、出逢いながらこすれ合うようにして流れていく。一首の意味を捕まえにいくと途端に死んでしまうものたち。流れを流れのまま体感として味わうとき、この歌の魅力はかぎりなく保存されるだろう。

特急の座席でよく行く美術館のにおいがふいにして　雨は鐘

雨＝鐘とはどういうことか、言葉で咀嚼しようとするより先に雨の質感、鐘の質感がひびきあっている。本来ひびきあうはずのないものが、助詞「は」で結ばれる。結ばれて雨と鐘はひびきあいのなかで等質のものとなり、わたしたち読者の前に現れてくるのである。

椅子に深く、この世に浅く腰かける　何かこぼれる感じがあって
文字のない手紙のような天窓をずっと見ている午後の図書館
こころが言葉を、言葉がこころを（わからない）楽器のにおいがする春の雨
サンドイッチに光をはさんで売っている少年、のような横顔だった
世界が終わる夢から覚めて見にゆこう鹿の骨から彫った桜を

指差せば遠ざかるのが夏であると知っていながらゆくモロー展

感情はどこから生まれてくるのだろう、ということをこれらの歌は考えさせてくれる。まず感情があって、それを表すために言葉を使っているのか。言葉があって、そこから感情が象られるのか。それとも両者は混濁しながら存在するのか。固くかたまった明確な感情というよりも、脱皮したばかりのまだやわらかな感情の芽生えが読み手を刺激してくる。言葉とこころのあとさきについて考えさせられるのである。その部分にものすごく焦点が合っているため、この作者、また主体像の年齢、職業、性別、来歴といったものを作品に添わせる必要がない。この歌を生み出した笹川諒という人物の詳細を知らないままに読んでも、一首一首が放っているものはおそらく変わることがない。さらに、三首目には「春の雨」が、六首目には「夏」が、季節を示す言葉として入っているが、これらの歌の世界からはその他の季節がそもそも存在しないような気配がただよっている。無時間、また真空に近い手触りをどの歌にも感じる。ある一瞬が、長く引き伸ばされた永遠として歌の内部を満たし、その一瞬以外は存在しない世界。見方によっては閉ざされているけれども、閉ざされることではじめて完成し他者に手渡し得るかたちとなるものが、世の中にはある。

笹川作品は文章でその魅力を解剖するのがとても難しい。解剖したとたんに歌が生命を落としてしまう。難しいと言ってしまっては、「解説」にならないので、私なりにできるかぎり慎重に鑑賞してみた。が、短歌という文芸の本質は本来そういうものではなかったか。『水の聖歌隊』におさめられた作品はどれもが生きている。だからむやみやたらに解剖してはいけない、そういう気持ちにさせられる。文章で言い表しがたいという点で、笹川さんの作品群はより音楽に近似しているのかもしれないとも思う。いずれにしても、一首をただ受け止めることがとても必要となる歌のかずかずなのだ、という点は書き残しておきたい。

『水の聖歌隊』は多くの読者に出会うことで、読者一人ひとりの「わたしだけの『水の聖歌隊』」として生まれ直してゆくだろう。そのことを思いながら、新たな一冊の門出を祝う。

あとがき

言葉とこころ、自己と他者、現実と夢……、何気なく暮らしていても不思議に思うことがあまりにもたくさんあります。いくら考えを巡らせたところで、答えはなかなか見つからないのですが、今日はここまで考えた、こういう感覚があった、ということを短歌という詩の形で記すようになり、六年ほどが経ちました。自分なりのやり方で、できるだけ遠くまで届く言葉を書けたら、ということをよく思います。

この歌集には、二〇一四年から二〇二〇年までの間に作った短歌を収めました。監修・解説の内山晶太さん、装画の坂月さかなさん、出版の機会をくださった書肆侃侃房のみなさま、本当にありがとうございました。

二〇二〇年十二月　　　　　　　　　　笹川 諒

■著者略歴

笹川 諒（ささがわ・りょう）

長崎県諫早市出身、京都府在住。
大阪大学文学部卒業。
2014年より「短歌人」所属。「ぱんたれい」同人。
第19回高瀬賞受賞。

「新鋭短歌シリーズ」ホームページ　http://www.shintanka.com/shin-ei/

新鋭短歌シリーズ49

水の聖歌隊

二〇二一年二月十二日　第一刷発行
二〇二一年六月一日　　第二刷発行

著　者　笹川　諒
発行者　田島安江
発行所　株式会社　書肆侃侃房（しょしかんかんぼう）
〒八一〇・〇〇四一
福岡市中央区大名二・八・十八・五〇一
TEL：〇九二・七三五・二八〇二
FAX：〇九二・七三五・二七九二
http://www.kankanbou.com　info@kankanbou.com

監　修　内山晶太
装　画　坂月さかな
装丁・DTP　黒木留実
印刷・製本　株式会社西日本新聞印刷

ISBN978-4-86385-445-1　C0092

新鋭短歌シリーズ ［第5期全12冊］

今、若い歌人たちは、どこにいるのだろう。どんな歌が詠まれているのだろう。今、実に多くの若者が現代短歌に集まっている。同人誌、学生短歌、さらにはTwitterまで短歌の場は、爆発的に広がっている。文学フリマのブースには、若者が溢れている。それればかりではない。伝統的な短歌結社も動き始めている。現代短歌は実におもしろい。表現の現在がここにある。「新鋭短歌シリーズ」は、今を詠う歌人のエッセンスを届ける。

52. 鍵盤のことば　伊豆みつ

四六判／並製／144ページ　定価：本体1,700円＋税

夜明けが、雨が、そして音楽が――
言葉になる瞬間を見に行こう。
〈あなた〉と深く、指をからめて　――黒瀬珂瀾

53. まばたきで消えていく　藤宮若菜

四六判／並製／144ページ　定価：本体1,700円＋税

命の際の歌が胸を突く

残酷すぎるこの世だけれど、人間を知りたいと願っている。
肝を据えて見つめ直す愛おしい日々。　――東 直子

54. 工場　奥村知世

四六判／並製／144ページ　定価：本体1,700円＋税

知性を持った感情が生み出す言葉は強く、やさしい。

そっと鷲摑みされた工場と家庭の現場。
「心の花」から今、二人目の石川不二子が生まれた。――藤島秀憲

好評既刊　●定価：本体1,700円＋税　四六判／並製／144ページ（全冊共通）

49. 水の聖歌隊

笹川 諒
監修：内山晶太

50. サウンドスケープに飛び乗って

久石ソナ
監修：山田 航

51. ロマンチック・ラブ・イデオロギー

手塚美楽
監修：東 直子